KB036851

산

b판시선 46

조재도 시집

산

도서출판 b

다른 것도 그렇지만 산도 가까운 곳에 있어 자주 찾을
수 있는 산이 좋은 산이다. 그런 면에서 집 뒤에 있는 태조산
은 나에게 참 각별하다.

그 산을 오래 다녔다. 거의 한 30년. 그동안 나에게도
산고랑 같은 주름 몇 개 더 깊게 새겨졌다.

산에 다니며 쓴 여러 편의 시 가운데, 남들에게 보여줄
만한 것이 못 된다 싶은 것은 골라내고 80편을 묶었다.

마음의 독毒이 씻기어, 사람이 있는 듯 없는 듯 살게 해주는
산.

사람보다 품이 넓어 인간사 희로애락이 부딪치지 않는
산.

바다가 거품을 밖으로 밀어내듯 때 묻은 인간의 언어를
버리라던 산.

갈수록 말은 줄고 뜻은 넓어진다.

하루가 그렇고 시도 그러하다.

|차 례|

제1부

봄 산

봄 산

바람맞은 돛처럼
한껏 부풀어 오른 산
물큰 젖 냄새
혀 풀린 작은 새들

푸르른 날

울면서 산을 오른 날 있다
직장 잃고 갈 곳 없을 때였다

울면서 산을 내려온 날 있다
그분 세상을 떠난 날이었다

주저앉아 산에서 운 날 있다
어머니 돌아가신 후 어느 날이었다

천지간

산은 위로 솟고
바다는 밑으로 솟았다

새는 산에서 헤엄치고
물고기는 바닷속을 난다

천지간 사람아
넌 어디 있느냐

끝물

땅에 떨어진
아카시아꽃에
꿀벌이 들어 있다
마지막 남은 꿀 한 방울
그마저 따려고
추수 끝난 빈 들
이삭 줍던 어머니처럼

이치 1

아무리 꽃병이 좋아도
꺾은 꽃은 시든다
인간의 손이여

이치 2

기쁨의 정상에
사람들은 몰려든다
슬픔의 낮은 계곡은
혼자 걸어야 한다

능선의 상쾌함에
사람들은 환호한다
고통의 오르막은
제힘으로 올라야 한다

넓은 길에선 함께 하지만
비좁은 험로는 한 줄로 가야 한다

작은 꽃

꽃은 작을수록
별을 닮았다

찌릿찌릿 빛나던 밤하늘 뭇별들이
밤사이 이슬로 쏟아져
작은 꽃이 되었다

바람 불자
들녘의 꽃들
일제히 소리친다

나 여기 있어요
나 좀 봐주세요

찔레

산에
장미꽃은 없다
찔레꽃만 있다

산이 찔레가
밀어내지 않았는데
장미는 산에 오르지 못했다

꽃잎 흐벅진 장미여
넌 인가人家에 살고
가시 야무진 찔레여
넌 야생에 살아라

아카시아 향기

뻐꾸기 뻑국
산비둘기 구욱 국

두 울음 만나
여울지는 곳
아카시아꽃이 핀다

주렁주렁 하얀 꽃 타래
잉잉대는 꿀벌들

꿀보다 꽃향기가
더욱 진하다

무연고 묘

봄이 와도
가라앉은 무덤

한때의 인연을 풀어
무연고 되게 한 것은
아무래도 세월이렷다

삭발하듯 잔디 벗겨지고
봉분 무너져 평지로 돌아가는
흙무덤

시청에서 박아놓은
철거 계고판이
부드러운 봄 햇살을
날카롭게 퉁겨낸다

종소리

먼 산이 녹슨 종처럼 엎드려 있다
그리움 한껏 부풀어 종소리 차올라도
쳐주는 사람 없는 엎드린 종이다

내가 가마
내게 오고픈 간절한 너의 소망을 위해
내가 가 너를 울려주마

산길을 가며

멀리서 보면 산이지만
산속엔 많은 길이 있다
능선을 타고 뻗어 있는 평판한 길도 있고
계곡과 계곡 사이
숨 가쁜 길도 있다
올라갔다 내려오는 게 산이라지만
산이 있기에 오를 뿐이라지만
산행은 우리네 사는 모습과 닮았다
멀리서 보면 누구나 한평생이지만
가는 길이 저마다 다른 것을 보면
세상 살며 겪는 일이 다 다른 것을 보면

진주 한 알

목덜미에 물방울 톡 떨어졌다
앗 차거, 올려다보니
나뭇잎에 물방울 또 맺혀 있다
조심히 손가락으로 받아낸다
손끝에 빛나는
투명한 진주 한 알
울퉁불퉁 거친 산에
영롱한 보석이라니
나는 욕심 많은 장물아비처럼
혀로 싹 핥아 삼켰다

새 소리

새 소리를
휘파람으로 따라 하면

잠시 후

새가 휘파람 소리를 따라 운다

내가 호이호 히호 하면
나를 의심한 듯 가만있다가
새가 오히오— 히오 한다

오솔길

오솔길에
까치가 죽어 있다

건너뛸까
비켜 갈까 하다
묻어주었다

까치 한 마리 생명의 무게만큼
지구의 무게가 줄어든 아침

마음 모퉁이
시 한 편이 돋았다

분갈이

산에서 퍼온 흙을
화분에 부었다

낙엽이 썩어
검고 푸슬푸슬한 흙

흙에서 산의
발꼬랑내가 났다

화분에 꽃씨를 심었다
붉은 꽃송이의 어머니를 심었다

하관

흙구덩이 옆 검은 옷의 사람들
봄바람에 머리칼 마구 헝클어졌다

관이 내려갔다

흙빛 울음
붉게 터졌다

인간의 울음 밖
혼잣진달래 곱다

잠시

혼자 산에 다니는 사람이 있다
마주친 횟수에 비해
나눈 말은 적다
5월 지리산 야생화 보러
밤 기차로 구례에 간다고 한다
우린 잠시 서서
그 정도 말만 하고 헤어진다
나는 위로
그는 아래로

누구는

커다란 나무에 꽃만큼 가득
새소리가 열렸다
초로롱 조로롱
찍 – 짹

누구는 아홉 기지개 켜며
새소리 비쳐든 아침 햇살에 윙크하고

누구는 시끄럽다 투덜대며
이불 뒤집어쓴다

나비야 청산 가자*

나는야 꽃보다
잎이 더 좋아

화려한 꽃 침대보다
소박한 잎 구들이 더 좋아

나비야 청산 가자

가다가 저물거든
꽃에 들어 자고 가자

꽃에서 푸대접하거든
잎에서나 자고 가자

* 고시조 「나비야 청산 가자」에서

제2부

여름 산

6월

6월은
수슬수슬 밤꽃 피는 달

비릿한 정액 내로
밤꽃 피는 달

밤꽃 핀 밤나무에
달이 돋으면

혼곤히 잠에 빠진
17세 소년이
새로 갈아입은 하얀 팬티에
몽정하는 달

매미 소리

봉우리가 있으면 계곡이 있고
계곡이 있으면 식당이 있으렷다

식당이 있으면 손님이 있고
손님이 있으면 왁자지껄이 있으렷다

강아지도 토종닭도
불판 위 발가벗은 오리도

이 모든 게 여름 산의
매미 소리에 있으렷다

떠돈다

집에서
직장에서
폐유처럼 흘러나온 사람들이
실직의
퇴직의
갈 곳 없는 사람들이
오늘도 산을 떠돈다
김밥 한 줄
생수 한 병
가방에 푹 질러 넣고

마지막 영토

아무리 낮은 동네 산도
정상은 섣불리 내주지 않는다

정상의 마지막 구간
잡아채는 고비가 있다

다 내주어도
함부로 내주지 않는
산의 자존심

네가 지키고자 하는
너의 마지막 영토는 무엇이냐

태풍

태풍이 몰려오자
나뭇잎들 바짝 몸을 세운다

큰 나무 와지끈 쓰러지면서
옆의 작은 나무 덮쳤다

한순간 폭망
찢어지고 휘어지고 피 터졌다

이걸 어째, 어쩌면 좋아
풀들이 혀를 차고

억울한 핏물 가슴에 고여
작은 나무 끙끙 앓아 누웠다

여름 숲

태양이 터져 녹아내린 여름 숲
산그늘 깊을 대로 깊었다

순간 여름 숲의 정적을 찢고
삐오롱 삐롱 새가 날아오른다
하늘 향해 던진 표창처럼
태양을 향해 쏜 화살처럼

적막한 여름 숲 정수리를
광목 찢듯 날카롭게 찢는다

나도 두발짐승 되어
우뚝 멈추었던 걸음 다시 걷는다

작다

높이 오를수록
작다
풀도 나무도
짐승도

펼친 우산만 한 나무
손가락 마디만 한 야생화
들깨 씨만 한 벌레
쓸데없이 커지지 않은 것들

고 작은 것들이
바람에
추위에
햇볕에
짱짱하다

세석평전 가는 길

세석평전 가는 길
바위에 걸터앉아 바람을 쐰다

산 아래
꼼지락거리며 기어오르는
개미 행렬들

일망무제
탁 트인 눈으로 세상을 보면
인간도 자연의 한 조각일 뿐인데

사람 속에 있을 땐
사람밖에 못 본다

속울음

산이라고 왜 슬픔이 없겠는가
어제는 포클레인 쇳날에 이마 까였다
그제는 아름드리 참나무 태풍에 쓰러졌다
슬픔이 심장에 가득 차도
산의 심장은 너무 커
흐느끼는 속울음 못 들을 뿐
세상에 슬픔 없는 것이 어디 있겠나

계족산 황톳길

힘주어 걷는 발가락에
찰지게 감겨오는 황토

달걀 같은 뒤꿈치 자국
은행알만 한 발가락 자국

수많은 발바닥들이 포개져 다져진
계족산 황톳길

이 길을 걷는 사람은 문득
암자가 된다
가벼운 새털이 된다

산개구리

산속 웅덩이
엄지손가락만 한
산개구리
알을 내질러
올챙이 깨어났다
팥알만 한
까만 것들
찬물에
조금 크다 말 것들
꼬물꼬물
나를 피하느라 정신이 없다

동행

같이 갑시다
예
혼자 왔수
예
혼자끼리 동행이네
그러네요
늘 혼자슈
예
혼자가 편하지
그럼요
산은 혼자 다녀야 신선이고
둘이 다니면 산행이고
셋 이상이면 왁자지껄이야
그래요
어느 쪽으로 가셔
난 이쪽으로
벌써 헤어지네
예

작은 힘

산속 암자에 폭우가 쏟아진다
지붕도 좁은 뜰도
들이치는 비바람에
속수무책
오르는 돌계단
빗방울 부서져 하얗게 튀고
쫘르릉
대번에 광목 찢어발기는
허연 날벼락
화단의 키 작은 채송화 한 포기가
그 억센 장대비 다 받아내고 있다

앗

날파리 한 마리 풍덩
뛰어들었다

앗

졸지에 내 눈이 네 무덤 되었구나

떡갈나무

밤새 태풍에 쥐어뜯긴 떡갈나무가
만신창이 되어 서 있더군요

땅에 떨어진 생가지 주워들자
아직도 맑은 피 흘리고 있어요

나는 집에서 편히 잤는데
밤새 태풍에 맞서 싸운 떡갈나무

막무가내 태풍에
자기 자존을 끝까지 지킨 거죠

그리하여 새 아침의 눈부신 푸른 빛을
나에게 선사한 거죠

지렁이

지렁이에게 흙은 밥

지렁이에게 흙은 집

지렁이에게 흙은 하늘

지렁이에게 흙은 똥

아름다운 풍경

제비꽃이 외롭다고 했다
지나던 구름이 가만히
곁에 머물러 주었다

잠자리도 날아와
꼬리 잠방거렸다

외롭다니까
잠시라도 찾아와
곁에 있어 주는 것들

아름다운 풍경
흔들리는 호숫가

새

전선 줄 위
죽죽 내리는 장대비 다 맞고 있는 새

고개도 돌리지 않고 날개도 펴지 않고 울지도 않고
등 돌리고 있는 새

눈물
덩어리의 새

왜 그러니
무슨 일 있니
묻고 싶은 새

옆에 앉아
같이 비 맞아 주고 싶은 새

달개비꽃

성불사 돌담 틈
달개비꽃

아무래도 저 꽃은
지난밤 내린 이슬들이 피웠는가 보다

아침에 피어 저녁에 오무는
금강 상류
물빛 같은

자세히 보면 고 작은 꽃 안에
코끼리 한 마리
뿌앙하고 산다

막잔

술을 많이 마신 다음 날
산이 내게 말했어요
막잔은 내려놓으라고
산처럼 오래가길 원하면
산처럼 꿋꿋하고 싶다면
막잔은 들었다 놓으라고
양동이 물을 보라고
양동이 물이 차 넘치는 것은
마지막 한 방울 때문이 아니겠냐고
그러니 나도
마지막 잔을 조심하라고

제3부

가을 산

첫사랑

봄부터 붉었어요
여름에도 그랬구요
가을 되어 단풍이라 말하지 마세요
처음부터 난 당신에게 붉었답니다

산그늘

산도 외로워 저물녘이면
산그늘 길게 늘여
마을로 내려간다

하루 일 마치고
헛간에 연장 거는
마을 사람들

고생했다고
얼른 씻고 들어가 밥 먹으라고
호젓한 손길로 어루만진다

도시 낙엽

산에서 굴러온 낙엽이
도시 거리를 헤맨다

사람 발에 밟히고
차에 치이고
하루도 정신없어 살 수 없다

산이 그립다
산에 돌아가고 싶다
쓰레기 되어 마대자루에 담기기보다
도토리 이불이 되고 싶다
제비꽃 거름이 되고 싶다.

가을 숲

잎 지자
바람의 길이 훤하다

저 투명한 숲에
몇 개의 다람쥐 길이 있을까

도토리를 물어다 놓은 곳은 어디

여름의 부피를 덜고
가을은 잠옷 맨 윗단추를 채운다

이제 그만 자러 가야 할 시간이다

바람의 소리

올가을에도
산에 갈 때
눈에 띄는 도토리 주워
풀숲에 던져 주었다
사람 발에 밟히면
으깨져 아뿔싸!

산행길 풀숲에서
고마워 고마워 소리 들렸다

인간의 말소리가 아닌
산과 도토리만이 낼 수 있는
바람의 소리였다

수목장

이다음 우리 죽으면
나무 아래 묻힙시다

산들바람 불면 소르르 흔들리는
나뭇잎 되어

서녘 하늘 저녁놀 아스라이 붉으면
우리들 이마도 붉게 물듭시다

어둠이 내리면
나뭇가지 서로 기대 달빛에 젖고

가을이면 낙엽 되어
흙에 스밉시다

그리하여 어느 날
그 나무마저 늙어 쿵 쓰러지면
그제야 이승의 인연 풀어

적멸보궁에 영원히 드십시다

처음 보는 꽃

꽃은 오로지
자기 힘으로
인내하면서
자신을 밀어 올려
꽃을 피운다

　　*

처음 보는 꽃이 있어
가까이 가 보았더니
나였다
나도 모르게 거기 꽃 피어 있었다

길

가을 산
조붓하게 나 있는 길

길이래야
낙엽이 살짝 눌려
흔적으로 난 길

그 길로 갈까 하다
발걸음 이내 거두어들였다

산토끼가 지나갔을
산토끼의 길

오소리가 오고 갔을
오소리의 길

산길

세상 싸움에 이긴 자도
산을 찾고
진 자도 산을 찾는다

이긴 자는 의기양양 산을 높이 오르고
진 자는 묵묵히 깊게 걷는다

권력과 욕망은 높은 곳에 있고
성찰은 물처럼 낮게 흐른다
구름 밖으로 치솟아 오른 용은
내려올 일밖에 없다

이긴 자든 진 자든
인생의 산길을 걷는다

뿔

뿔 가운데
가장 작은 달팽이 뿔
중국의 백낙천은 노래했지

"달팽이 뿔 위에서 무엇을 다투는가
부싯돌 부딪는 순간의 짧은 빛, 그게 인생이라네
부자면 부자대로 가난하면 가난한 대로 우선 즐기시게
웃지 않으면 바보 아닌가?"

오늘 너는
무엇 때문에 속이 상했니

산에 왔으니
눈물 씻고 하늘을 봐

투명

그곳에 바람이 살데
바람이 울리는 풍경 소리가 살데

산수유나무가 살데
붉은 열매 톡 톡 쪼는 동박새가 살데

고요가 살데
종소리의 여운 번지다 번지다
가라앉은 자리
빗방울처럼 하얀
고요가 살데

가을엔
떠나고 싶은 마음
쇠리쇠리 얇아져
투명해지고 싶은 마음

흙벽에 담쟁이가 살데

담쟁이덩굴의 담홍빛이 살데

낙엽 호수

가을비 내린 날
낙엽에 빗물이 고여 있다

고 작은 낙엽 호수에
나뭇가지 비친다
단풍잎 비친다

불은 타오르지만
물은 맑게 비춤을
세상에서 제일 작은
낙엽 호수가 일러 주었다

업業

슬픔도 파리해져 가는
가을 어느 날
집을 나와 산으로 간 소년은
한 세월 건너
늙은 중이 되어 돌아오고

화류춘몽
황성 옛터
나그네 설움

이런 아무도 알아주지 않는 노랫가락
아코디언 소리로 장바닥에 깔리면
지금도 문득 가던 걸음 멈추어지는데

설움이 핏물처럼 흐르는 가을날이면
무작정 집을 나와
떠돌고만 싶은데

돈이 열린 나무

가을 산 누런 낙엽은
오만 원짜리 지폐
간밤 돈 신이 나를 위해
돈다발을 뿌려 놓았나

저 돈 다 하면 얼마나 될까
저 돈 다 하면 이건희보다 부자겠지
저 돈 다 쓰는 데 얼마나 걸릴래나
저 돈 평생 써도 아마 다 못 쓸 걸, 하는데

홧홧홧
돈에 미쳐도 단단히 미쳤구나, 하여
깜짝 놀라 눈 들어 올려다보니
굴참나무님께서 옛다 이눔아 돈, 하며
크고 누런 오만 원짜리 한 장
툭 떨어뜨려 주는 것이었다

끝

가을 단풍은
여름의 피

초록의 피가
태양에
홍시처럼 익어

막바지를 향해 달려온
잎들
아무리 아름다운 관계도
끝을 따라가는 끝이 있어

고맙습니다
끝나게 해주는
끝의 힘

회귀 回歸

가을엔
어머니의 자궁이 그립다

최초의 착상
강낭콩만 한 혈액의 응결체
감싸고 있는
따뜻한 물이 그립다

가을엔
내가 지나온 산도産道를 따라
어머니 자궁으로 돌아가고 싶다

은하수보다 깊은
태아 적 꿈을 꾸고 싶다

시월의 새

시월에 기대어
새는 초겨울을 들여다본다

이맘때쯤이면 돋는
오래된 버릇이다

서리 묻은
강아지풀 씨를 쪼아
오늘 아침 부리 끝이 시리다

계절의 간이역
노란 은행나무에 앉았던 새가
교회 종소리 고이는
헛간 추녀에 깃든다

별리

지난가을 잎 진 낙엽들이
바짝 마른 채 나무 밑에 쌓여 있다

빛과 형태 모두 잃고
불에 닿은 껍질처럼 오그라들었다

바람 불어도
하냥
제자리를 맴도는 것들

새잎을 단 봄의 나무가
떠나지 못한 자식들을 안쓰러이 내려다본다

무명

　나는 이름 없는 산이 좋다. 앞산, 뒷산, 저 건너 산, 이런 산들이 좋다. 사람도 무명씨가 좋다, 무덤도 비석 상석 이런 거 없는 게 좋다. 이름이 있으면 꾀까닥스럽다. 사람도 서양에서　온　꽃도

낙엽

봄에 맺은 인연
다 풀어놓고 가는 가을바람

불도 켜지 않은 채
낙엽은 밤새도록 울었다

제4부

겨울 산

첫눈

여름에 일찍 시든
잎 한 장이
깊은 허공을 지나
첫눈으로 온다

겨울 산

저 산을 어떻게 올라야 할지 까마득할 때가 있다

저 산을 어떻게 넘었는지 믿기지 않을 때가 있다

솟구쳐야 하리

떠도는 눈발이
산을 넘으려면
산 너머 마을
은빛 별로 내리려면
바람의 등을 타야 하리
바람 타고 미친 듯
솟구쳐야 하리

얼음 산

폭설 후
영하 20도
온 산은 순백의
얼음덩어리

하늘 쾌청
새 푸드득

그 바람에 푸슬푸슬 떨어지는
흰 눈가루
무얼 찾아 나는 이
빙산에 들어왔나

눈길 눈나무 눈바위 눈산
온통 눈뿐인
눈더미 속으로
꾸역꾸역 기어들어 왔나

양지

눈길 걷다가
따뜻한 볕 내리쬐는 곳 있어
무릎 담요 두 장만 한
양지가 있어
쪼그려 앉아 몸을 녹인다
따끈한 커피 한 잔 몹시 간절하다
냉혹한 겨울 산에
짧은 휴식
봄이 풀려나오는 자리

한계

있는 힘 다해 오르는 산
더 오를 수 없어
도중에 내려온 산
고집부리지 않고 내려온
나 또한 아름답지 아니한가

사나운 것들

날씨가 어찌나 사나운지
산에 갈 엄두가 나지 않는다

삶이 어찌나 사나운지
살아갈 엄두가 나지 않는다

그래도 가야지
모자 쓰고 장갑 끼고 중무장하고
얼어붙은 산에 간다

나서기가 어렵지
가면 또 가게 된다

눈꽃 환상

눈이 쌓여
산은 어느덧 순백의 성채

산을 오르며
잠시 무슨 생각에 골몰했는데
순간 거짓말같이
쌓인 눈이 사라졌다

눈 온 뒤 이내 비친
설핏한 햇살에 녹았나

믿기지 않는 내 눈을 의심하며
인생에 이런 마법 같은 순간이
몇 번이나 더 있을까 생각했다

교감交感

눈 쌓여 흰 나뭇가지
스틱으로 툭, 쳐주니
나뭇가지 휘청
고맙다, 인사하네

먼 훗날

산이 험할수록
먼 훗날 더욱 생각날 그 산

삶이 힘들수록
먼 훗날 더욱 그리워질 그 시절

빈 산

바람만 남은 산

상처 입은 짐승처럼
웅크린 산

빈 산

끝났구나 싶을 때의
인생 같은 산

해 두 덩이

폭설 내린 아침
늙은 호박 두 쪽으로 쫙 갈라
가방에 밀어 넣고 산에 간다

이런 날 새들은 아무것도 먹을 게 없지
산토끼 고라니는 쫄쫄 굶어
양지바른 곳 눈더미 헤치고
늙은 호박 통째로 놓아준다

흰 눈밭에 솟은 붉은 해 두 덩이
나는 나무 뒤 숨어 엿보고
이윽고 큰 새 작은 새 몰려들어
호박 속 쪼아먹는다
태양의 살점 맛있게 쫀다

가슴에 뜨는
오호, 붉은 해 두 덩이

대추 한 알

마른 대추 한 알을 입에 넣는다
입안에 고이는 침
입안에 풀리는 가을 햇살
입안에 남는
살점 하나 없는 대추 씨

대추 한 알 고 작은 게
겨울 한나절 허기를 달래준다

멧새 소리

무덤 파헤쳐진 자리
상석이며 비석 나뒹굴었다

천 년이 가도 썩지 않을
흉측한 석물石物
거기 새겨진 자손들 이름

내려앉지 못하는 새가
눈송이 되어
죄 죄
겨울 하늘을 맴돌았다

제 몫

태산준령은 아니지만
집 뒤에 있어
쉽게 갈 수 있는 산

태조산에 쌓인 눈도 희다
쌓여 깨끗해
제 몫을 다 하는 순백의 적설

땅만 보고 걷는 나에게
하늘도 좀 보라고
나뭇가지 위 눈덩이 뛰어내려
어깨 툭 친다

장작 1

꽃은 나무에서 피고
불은 장작에 붙는다

겨울엔 꽃보다 장작이다

장작 2

긴 나무는
장작이 아니다
시처럼

쪼개지지 않은 통나무는
장작이 아니다
시의 언어처럼

햇빛과 공기 오래 머금어
불에 잘 타야
좋은 시다

겨울비

겨울비 내린 산
솔방울만 한 새들
무리 지어 내려앉았다

눈 녹은 틈을 타
지난가을 풀씨 열심히 쪼고 있다

눈물겹구나
작은 새의 손톱만 한
위장이여

고맙구나
얼어붙은 눈 녹여
새의 양식 드러내 준
겨울비여

낮달

새파란 하늘

겨울 볕 따스한
어느 오후

허연 입김 사이로 떠 있는
내가 두고 내려온
슬픔 한 조각

시대정신

산꼭대기 바위에 내려 쌓인 눈

천지를 뒤덮은 적설마저
바위에 뿌리내린
나무까지 덮지 못했다

삐죽 솟아
삭풍에 떠는 겨울나무여

너는 겨울을 이기는 시대정신
그렇게 살아남아
봄을 부르는 선봉이 되라

시집 『산』을 읽고

김태환

중국의 저주시 서쪽 교외에 자리를 잡은 낭야산은 해발 317m 높이에 겨우 240평방킬로미터 넓이를 가지는 데 지나지 않지만, 경내에 낭야각, 낭야사, 취옹정, 풍락정 등의 명소를 품어 예로부터 시대를 대표하는 문인, 학사의 발길이 끊이지 않았다. 송나라 때의 문장가 구양수가 지었고 소식이 적었던 「취옹정기」는 아직도 사람의 마음을 푸근하게 잡아당긴다. 작아도 작은 줄을 모르는 산이다. 당나라 때의 시인 위응물은 중년에 여기로 벼슬살이를 왔다가 낭야사 한겨울 풍경을 이렇게 읊었다.

돌로 낸 절문은 눈이 덮여 있고 아무도 다닌 자취가 없으며,

소나무 골짜기는 안개가 듬뿍 쌓였고 온갖 향기가 그득하

다.

나머지 양식을 뜰에 흩뿌려 추위에 굶주린 새들이 내려앉았는데,

헌 옷가지만 나무에 걸어 놓은 채로 스님은 보이지 않는다.

石門有雪無行跡, 松壑凝煙滿衆香.
餘食施庭寒鳥下, 破衣掛樹老僧亡.

— 韋應物, 「同越瑯琊山」

우리의 천안시 동쪽 교외에 자리를 잡은 태조산은 해발 421m 높이로 오래도록 사람의 애호와 중시를 받았던 점에서 중국의 낭야산에 비길 만하다. 태조산은 그 명칭이 고려 태조의 군사 주둔지에서 유래한 것인데, 북으로 해발 579m 높이의 성거산과 남으로 해발 517m 높이의 흑성산을 자신보다 더 높고 더 우람하게 거느린 산이다. 작아도 작지 않은 산이다. 이러한 태조산을 오르락내리락 30년에 이르도록 지치지도 않고 다니는 조재도는 어느 해 한겨울 풍경을 이렇게 그렸다.

폭설 내린 아침
늙은 호박 두 쪽으로 쫙 갈라
가방에 밀어 넣고 산에 간다

이런 날 새들은 아무것도 먹을 게 없지
산토끼 고라니는 쫄쫄 굶어
양지바른 곳 눈더미 헤치고
늙은 호박 통째로 놓아준다

흰 눈밭에 솟은 붉은 해 두 덩이
나는 나무 뒤 숨어 엿보고
이윽고 큰 새 작은 새 몰려들어
호박 속 쪼아먹는다
태양의 살점 맛있게 쫀다

가슴에 뜨는
오호, 붉은 해 두 덩이

　　　　　　　　　　　　－「해 두 덩이」, 전문

　　위응물이 앞서 보았던 그 스님의 고운 마음이 천 년을
훨씬 벗어나 조재도의 그림에 비친다. 머리를 깎아야만
절간의 스님이 아니요, 민가에 산대서 다만 동네 아저씨가
아니다. 어디서 어떻게 왔다가 어디로 어떻게 가는지 몰라
도, 한겨울 뜰에 여기저기 흩뿌려 놓은 양식 낟알과 나무에
얼기설기 걸어 놓은 헌 옷가지를 보게 되거나, 아니면 두

쪽으로 쫙 갈라 통째로 놓아둔 호박 덩어리를 보게 될진댄,
만물과 더불어 따뜻한 봄을 기다리는 그들의 자취를 우리는
이미 얻은 것이다.

> 천석 크기의 종도
> 큰 공이가 아니면 도무지 울림이 없다.
> 하물며 두류산은
> 하늘이 울려도 오히려 울리지 않는다.

> 請看千石鍾, 非大扣無聲.
> 爭似頭流山, 天鳴猶不鳴.
>
> — 曹植, 「題德山溪亭柱」

　조식이 스스로 우러르던 바를 읊었다. 회갑을 넘긴 늘그막
에 두류산 천왕봉 동남쪽 덕산으로 살림집을 옮겨서 정착한
뒤에 지었다. 여기서 말하는 천 석은 대체로 12만 근에 상응하
는 무게다. 오늘날 도량으로 치면 1톤 트럭 72개 정도의
규모다. 이것은 주변의 흔한 야산에 견주어 보아도 그다지
큰 것이 아니다. 고만한 크기의 종조차도 쉽게 울리지 않거
늘, 하물며 두류산은 어쩌다 하늘이 울리는 때라도 오히려
울리지 않는다. 그러니 세상사의 흥망성쇠 및 인간사의
희노애락 따위는 어떠한 소식이라도 좀처럼 들리지 않는다.

먼 산이 녹슨 종처럼 엎드려 있다
그리움 한껏 부풀어 종소리 차올라도
쳐주는 사람 없는 엎드린 종이다

내가 가마
내게 오고픈 간절한 너의 소망을 위해
내가 가 너를 울려주마

-「종소리」, 전문

치악산 꿩이 절간의 종을 울려 새벽을 알렸더라는 옛날이
야기는 새끼들 목숨을 아끼는 마음이 그처럼 자잘한 짐승에
게서도 쇳물을 천 근이나 부어 만든 종을 울릴 만큼 컸더라는
것이다. 실제는 징이나 꽹과리라야 겨우 꿩의 몸무게로
소리를 낼 수 있는 크기다. 그런가 하면, 사람이 살다가
죽을 만큼 서럽고 또 서러워 온몸으로 이냥 부딪쳐 울리는
종은 도리어 아무리 울려도 울리지 않는다. 태조산을 울리던
사람도 있었고, 두류산을 울리던 사람도 일찍이 있었을
테지만, 마침내 들리지 않았다. 사람이 온몸으로 부딪쳐
울리되, 사람의 귀에는 좀처럼 들리지 않는다.

　울면서 산을 오른 날 있다

직장 잃고 갈 곳 없을 때였다

울면서 산을 내려온 날 있다
그분 세상을 떠난 날이었다

주저앉아 산에서 운 날 있다
어머니 돌아가신 후 어느 날이었다

―「푸르른 날」, 전문

천상병은 말한다. 강물이 모두 바다로 흐르는 그 까닭은
언덕에 서서 내가 온종일 울었다는 그 까닭만은 아니다.
세상에는 단적으로 큰 것이 있으니, 강물이 모두 바다로
흐르는 그것도 더할 나위 없이 단적으로 크지만, 언덕에
서서 내가 온종일 울었다는 그 사실도 단적으로 크기는
마찬가지다. 그러나 사람의 눈물이 아무리 많이 모여도
강물이 흐르듯 질펀히 흘러갈 만큼은 아니다. 존재의 의미로
말하면 더할 나위 없이 크지만, 치악산 꿩의 몸무게처럼
어떠한 위력도 지니지 못하는 그것이 우리의 한낱 인생이다.

집에서
직장에서
폐유처럼 흘러나온 사람들이

실직의

퇴직의

갈 곳 없는 사람들이

오늘도 산을 떠돈다

김밥 한 줄

생수 한 병

가방에 푹 질러 넣고

─「떠돈다」, 전문

우리의 한낱 인생은 자세히 볼수록 가없이 애처롭다. 울면서 산에 오르기도 하고, 울면서 산을 내려오기도 한다. 때로는 산에 주저앉아 넋을 놓고 울기도 할 것이다. 아무도 모르게 우는 울음을 어떻게 듣는가? 좀처럼 들리지 않는다. 그러나 반드시 귓가에 들려야만 겨우 들을 수 있게 된다면, 이것은 지척에 아수라 지옥을 두고도 도무지 아우성을 모르는 푼수다. 인간사는 물론이고 자연사의 모든 진보는 세간의 아수라 지옥을 깡그리 깨부수고 들어가 저렇게 헐벗고 굶주리고 짓눌린 이들을 꺼내오는 가운데 이루어졌다. 들리지 않아도 마땅히 들어야 하느니! 조재도가 산으로 가면서 하는 말이다.

날씨가 어찌나 사나운지

산에 갈 엄두가 나지 않는다

삶이 어찌나 사나운지
살아갈 엄두가 나지 않는다

그래도 가야지
모자 쓰고 장갑 끼고 중무장하고
얼어붙은 산에 간다

나서기가 어렵지
가면 또 가게 된다

　　　　　　　　　　　　　　－「사나운 것들」, 전문

　우리의 한낱 인생을 살자면 한겨울 산에 가는 것 이상으로
모자 쓰고 장갑 끼고 중무장하고 나서야 한다. 날씨가 어찌나
사나운지 처음에는 무척 두렵다. 그래도 나서기가 어렵지
가면 또 가게 된다. 오늘이니까 이렇고 내일은 또 다르다.
날씨는 나의 가는 길과 더불어 언제나 바뀌는 것이다. 사계의
온갖 감정과 사념도 그에 따라 바뀐다. 더욱이 산에서 누리는
흥취로 말하면, 그것은 저마다 다르게 가지는 삶의 기쁨과
같아서 산에서 늘 마주치는 사람들끼리도 나누어 갖기 어렵
다. 흥취가 무진장한 줄 익히 알지만, 꺼내지 않고 서둘러

뚜껑을 덮는 그 정경이 대개는 이렇다.

> 혼자 산에 다니는 사람이 있다
> 마주친 횟수에 비해
> 나눈 말은 적다
> 5월 지리산 야생화 보러
> 밤 기차로 구례에 간다고 한다
> 우린 잠시 서서
> 그 정도 말만 하고 헤어진다
> 나는 위로
> 그는 아래로

— 「잠시」, 전문

노고단 비탈에 엄청난 넓이로 왕창 퍼질러 밝게 피어난 철쭉꽃을 보고는 왈칵 눈물을 쏟았던 적이 있었다. 저토록 뚜렷한 생명의 의지가 있을까? 저들은 비탈에 가만히 두었어도 저희들 혼자 더할 나위 없이 아리따운 자태를 이룬다. 구례에 간다니, 아마도 노고단을 오르게 되겠지. 반야봉을 지나고, 세석평전을 지나고 하겠지. 여기까지다. 말하지 않는다. 이대로 더는 그의 가는 길을 생각하려 하지도 않는다. 빙긋이 웃는 일조차 없이 그저 가볍게 고개를 끄덕여 주고는, 야간열차를 타러 간다는 그와는 그만 헤어진다.

산중에 무엇이 있더냐?

산봉우리에 흰 구름이 자주 피어오른다.

혼자 기뻐할 뿐,

가져다줄 수 없어라.

山中何所有, 嶺上多白雲.

只可自怡悅, 不堪持寄君.

— 陶弘景, 「詔問山中何所有賦詩以答」

산중에 무엇이 있더냐? 아무리 불러도 산에서 나오려
하지 않는 이에게 임금이 조서로 적어서 묻는 질문이었다.
몰라서 묻는 것이 아니다. 산에는 아무것도 없는데, 어째서
거기에 있느냐? 질문을 넣어서 꾸짖는 바였다. 아니나 다를
까, 대답이 걸작이다. 산에는 구름이 많아요. 혼자만 좋아라
고 할 뿐이고, 가져다줄 수는 없지요. 더욱이 가져다줘 봤자
아무 쓸모도 없어요. 아무것도 없다는 것은 속인의 눈이고,
구름이 많다는 것은 산인의 눈이다. 저마다 보이는 것이
다르니, 따라서 즐거움도 저마다 다르다.

눈길 걷다가

따뜻한 별 내리쬐는 곳 있어

무릎 담요 두 장만 한

양지가 있어

쪼그려 앉아 몸을 녹인다

따끈한 커피 한 잔 몹시 간절하다

냉혹한 겨울 산에

짧은 휴식

봄이 풀려나오는 자리

—「양지」, 전문

　구름은 어쩌면 산인의 고유한 재산인지도 모른다. 계곡이
처음 비롯하는 곳까지 가서 아무 데고 멍청스럽게 한참을
앉아 있어야만 바윗등 너머로 흰 구름이 피어나 바야흐로
산봉우리에 스치는 모양이 나온다. 그것은 결코 누군가에게
소유되지는 않지만 또한 누구에게나 무한히 소비되는 재화
다. 우리가 산에서 실컷 즐기는 것들은 대개가 그렇다. 조재
도가 홀로 쪼그려 앉아 몸을 녹이는 무릎 담요 두 장만
한 양지도 그와 같은 무소유의 재화다. 거기서 우리의 봄이
풀려나온다.

청계산 운중동에서,
남전노인 김태환은 한가로이 적는다.

ⓒ 조재도, 2021

산

초판 1쇄 발행 2021년 09월 24일

지은이 조재도
펴낸이 조기조

펴낸곳 도서출판 b
등 록 2003년 2월 24일 (제2006-000054호)
주 소 08772 서울시 관악구 난곡로 288 남진빌딩 302호
전 화 02-6293-7070(대) 팩시밀리 02-6293-8080
누리집 b-book.co.kr 전자우편 bbooks@naver.com

ISBN 979-11-89898-60-1   03810
값_10,000원